明洪武五年，詔重學校，設教諭一員、訓導一員、廩生二十名、齋夫、膳夫、書吏、門斗等役，頒卧碑制書鄉射禮儀。

成化十一年，知縣唐忠重修學宫，建欞星門、聖域賢關二坊、啓聖祠、明倫堂并左右齋房。

成化二十二年，從後衛貢生、山西渾源州知州龔宗道之請，設衛儒學教授一員，駐古北口，師生廩俸、夫役并視縣學。

嘉靖四十四年，敕建武學，立學宫，奉武成王，正殿、兩廡、公署制同文學，并建射圃，以總兵王繼、指揮吴柏董其事。其武學教官生員廩俸、夫役并視文學。

四十五年，兵部劉、兵備張重修文學，附建名宦、鄉賢二祠，置祭器、書籍有差。

隆慶五年，總督劉應節請建三武學，設教授一員、科正二員，訓練武士以備將選。

萬曆三年，改教授爲提調。

十三年，總督蹇達置學田一十八頃。

十四年，借充兵餉，廩餼遂廢。

二十一年，知縣康丕揚建講書堂。

四十一年，知縣尹同皋建尊經閣五楹，重修聖域、賢關二坊，易額曰「德配天地」「道冠古今」。按：此二額本京師成均東、西坊額，文大約出於御製，頒行各省，一律通用。至今，各省、府、州、縣文廟坊額無有异同，并非尹同皋製文。即大成殿歷朝額文，亦由成均大成殿摹刻。不過，成均講堂曰彝倫堂，外省、府、州、縣講堂曰明倫堂，有异耳。

四十五六年，總督薛三才、汪可受，户部郎中吴暐，兵備李養質、喻安性，通判馮繼京，知縣尹同皋，縣丞李質，武學科正孫桂，典史吴士良，守備施洪謨，重修文、武二學。

前清學制

順治二年，裁武學教官；其武生歸文學教官管轄。

九年，奉敕立卧碑於明倫堂左，曉示諸生，永爲遵守。是年，啓聖祠圮。兵備道衣惟孝、知縣張世爵、教諭谷起雲、訓導張漢以舊址湫調上聲隘，移建學宫西北隅。

十四年，裁後衛教官；其衛學諸生，歸并縣學教官管轄。

十七年，知縣劉應奇、教諭李奇蔭、典史吉生光重修學宫。

十八年，裁教諭。

康熙十六年，復設教諭。

四十一年，奉敕頒御製訓飭士子文，令教官於每月朔、望，傳集生員訓飭。是年，教諭劉炳增修學宮。

六十年，建義學，一在縣城，一在石匣，一在古北口。

六十一年，加取學額七名。

雍正元年，加取學額視原額加一倍，後不爲例。是年，題準直省教官，凡所管生員，立定課程，令其時至學宮，面加考校；其新進生員，照國子監坐監之例，（坐監之名，始於明初，見國子監大成門外、洪武年明太祖自製碑文。至前清時，猶沿坐監之名，即國子監南、北學舍住學之制也。）令在學舍肄業，俟下案新生至學爲滿；或有親老、家貧，勢難久居學舍者，亦必分題校藝，每月定期幾次，毋使曠業。

二年，知縣薛天培重修學宮。

三年，奉敕頒行《聖諭廣訓》萬言諭、御製《朋黨論》，令教官朔、望宣講，歲科兩試及覆試童生，均令默寫《聖諭廣訓》一條，著爲例。

十三年，加取學額七名。

乾隆三十二年，加取學額五名。

三十五年，加取學額五名。
四十一年，加取學額五名。
五十五年，加取學額五名。
六十年，加取學額五名。
嘉慶元年，加取學額七名。
四年，加取學額七名。
十年，加取學額五名。
十三年，加取學額五名。
光緒三十年，加取學額三名。
同治元年，知縣張翰、張鵬雲、唐鉞、黄宗敬，教諭張慶壬，訓導姚翽，典史李振樞重修學宫。

光緒六年，教諭張慶壬重修明倫堂。

縣衛學額

縣學：廩生二十名，增生二十名，文生十五名，武生十二名。
衛學：廩生二十名，增生二十名，文生十名，武生八名。
光緒三十三年有旨，孔子升入大祀，如祭天之禮。
光緒三十一年，裁訓導缺。壬子年，裁教諭缺。

書院

白檀書院，明萬曆二十二年，知縣康丕揚建，前有堂，後有亭，東春華館，西秋實館。并建社學、齋房於鄒大夫祠後。四十一年，知縣尹同皋建尊經閣五楹以貯書。按：密雲白檀書院舊建於新城東南隅，地甚宏敞。今頹圮無存，盡易爲民居。迤南有碑，字已剥落盡，尚巋然獨存。其位置方向，不可考矣。

新白檀書院，在舊城鼓樓南迤東。清道光十三年，知縣李宣範立碑記載，自康公建設後，旋廢圮，二百餘年不復建置。李公下車，始議重修。其西院建祠三楹，奉祀李公。光緒二十九年，改建高等小學堂。

《禮》曰：「天子曰辟雍，諸侯曰頖宮。」今之郡縣，古之侯國也。圜橋璧水，辟雍之制也；半規如玦，泮池之制也。今郡縣學宮、泮池，猶沿此制，是即郡縣爲侯國之一證。王者建國，首立學校，國有學，黨有庠，術有序。然其敝也，有志者人習舉業、競功名，役志於文字，而於內政、外交、天學、地理、商情、軍事，懵乎以外務視之。其無志者，則以校舍爲膏火之市而已。而入學之年，又大率在弱冠以外，學非所用，用非所

學，育才之地，適以害才。科舉既廢，學堂乃興，舉昔之父飭其子、師戒其弟，所懸爲厲禁而不令一入耳目者，悉列爲課程而分科講授焉。吾密高等小學堂及城鄉初等蒙學之始設也，在前清光緒二十九年。其時异議紛起，匪惟擁皋比、謀館穀者以异端視之，即老師宿儒，亦嘖嘖以弁髦聖道爲藉口，蓋改革如此其難也。

高等小學校，（原名高等小學堂。）清光緒二十九年，知縣陳雄藩、邑紳甯權等就白檀書院改建，三十年落成。計前院監督堂三間，（今改職員室。）後院講堂三間，又後藏書樓三間，中祀孔子并藏儀器。東後院五楹，中三間爲考校室，餘兩間爲教員室。其前，學生休息室五間。又前，休息室五間。又前，三間。又前，三間。又前，食堂三間。又前，爲厠所。上爲平臺，施欄楯，可眺望。再東，四間爲庖舍。西後院調養室三間，（即李公祠。）前過廳三間，一爲教員室，一休息室。又前，休息室三間。又前，爲儲蓄室。監督堂前，西爲司事室，東爲學生會客室。又前，大門左右僕役室。共房五十餘間。另有操場一處。

初級師範學堂

模範小學堂、勸學所均附設校内。即舊日義學遺址，在舊城鼓樓東。現由高小學校經理。

初等小學校，初名初等小學堂。設於城關各鄉。高等小學堂成立之時，報設四十七處。其後或因經費不敷，或彼此歸并，現實有三十餘處。其初有公立、私立，後皆改爲公立。

職員

總理一員，縣知事任之。

監督二員，初以學官充之，嗣以小學堂不得有監督名目，乃改爲堂長，現改爲校長。自學官奉裁，以邑人選充。現由教育司派充，改爲一員。

正副學董，原設三名，現裁撤，歸并校長。

教習二員。科學一員，國學一員。其初，二員皆由學務處選派，或指名請派。現由教育司選派一員，其一員由縣知事選派。

師範教習一員，初由學務處選派。今裁。

文牘一員，今裁。

司事一員。

初等小學校學董，一二員不等。

初等小學校教習各一員，由師範學堂内選派。

學生無定額，至多及百人。初定四年畢業，後改爲三年。

勸學所總董一員，勸學所成立在宣統元年。今裁。其職務歸行政公署教育科管理。

勸學員三員，今裁。

畢業學生

前清光緒三十四年，甲班畢業九名。

宣統元年，乙班畢業五名。

二年，丙班畢業七名。

民國元年即宣統三年，丁班畢業九名。

二年，戊班畢業八名。

選送上級學堂肄業生

光緒三十二年，由肄業生内選送、考取陸軍小學校五名。

宣統元年二月，申送黄村農業中學校三名。

由肄業二年以上考入順天中學堂三名。

初級師範畢業生

光緒三十二年，上學期三個月畢業九名，下學期六個月畢業十九名。

三十三年，一年畢業八名。

初等女學校

一處，宣統元年開辦，未建堂舍，租甯氏住房爲校所。

女校長一員。

女教習一員。

學生二十餘名不等。

高等小學校常年經費

其初等小學校經費，或由常年經費，或出捐貲，或由公産。有不足，則由經費内補助。

書院原存生息本銀七千六百兩。

創建學堂新捐生息本銀一萬零五百兩。

新舊共實存銀一萬八千一百兩。其餘捐入、支出銀錢各款，有碑記、檔案可稽，茲不具載。

按：各年畢業及師範畢業、選送上級各學堂學生，均有檔案可稽。惟未經畢業自請告退，或畢業後又考入各等學堂者，本學校既無行查牒報之明文，即有傳聞，亦不可據爲事實，概付闕如，以求核實。

密雲縣志卷四之二

田賦考

古者財賦之事，徵於司徒，會於太宰。李志甫、韋處厚作國計簿丁，謂田況之《會計録》皆昉於《周官》司會所貳書契、版圖之制也。方州之書，自當具録詳贍，使覽者可以自得，亦理所宜然。獨惜書籍案牘舉莫能詳，故家遺老又語焉不知，謹就可考者，著録於篇，以俟博雅。

三代

冀州，厥土白壤，厥田惟中中，厥賦上上錯。《禹貢》

漢

青、冀人稠土狹，不足相供。而幽州内附近郡，土曠人稀，厥田宜稼，悉不墾發，宜徙貧人不能自業者於寬地。漢崔寔《政論》。

前燕

慕容皝以牧牛給貧家，田於苑中，公收其八；有牛無地者亦田苑中，公收其七，三分入私。記室封裕諫之。《文獻通考》

後魏

太和八年，户增帛三匹、粟二石九斗，增調外帛滿二匹。所調各隨其土所出，幽、平等州皆以麻布充税。《魏書·食貨志》。

隋

開皇十二年，詔令今年田租三分減一分，兵減半，功調全免。《隋書·食貨志》。

唐

開元時，河北不通運，州租皆以絹代。《文獻通考》。

自幽、冀兩鎮用兵，置南北供用院，而行營軍十五萬，不能抗兩鎮萬餘之衆，饋運不能給。蓋自建中定兩税而物輕錢重，民以爲患。至是四十年，當時爲絹二匹半者爲八匹，大抵加三倍。《唐書·食貨志》。

遼

統和十五年，[注一]募分耕灤河曠地，十年始租。又詔山前後未納税户，[注二]并於密雲、燕樂兩縣占田置業入税。《續文獻通考》。

元

皇慶六年，免大都今歲租税。《續文獻通考》。

[注一]「統和」，原誤作「大康」，今據《遼史》改。

[注二]「山」，原誤作「上」，今據《遼史》改。

明

分別官田、民田。夏稅小麥，有人丁絲綿折絹、有農桑絲折絹諸名。秋糧粳稻、粟米，有地畝、綿絨諸名。《通志》

清

順治十八年，編定田土、田賦、籽粒草、丁徭有差。《會典》

康熙二十四年，編定田土、丁糧有差。《會典》

康熙五十二年，著據五十年丁册爲額，續生人丁，永不加賦，著爲例。薛志

雍正二年，從巡撫李維鈞之請，直隸丁銀自雍正二年始均攤入地糧征收。每地銀一兩，攤丁銀二錢七厘零。薛志

人丁

康熙十二年，編定七千六百二十丁，分五則起科：明季原額，縣衛人丁共一萬六千五百五十三丁，分三等九則起科。中中則，每丁征銀一兩五錢二分；中下則，每丁征銀九錢一厘；下上則，每丁征銀五錢四分四厘；下中則，每丁征銀一錢八分一厘；衛丁，照下下則。每丁征銀一錢八分；匠丁，每丁征銀四錢五分。共征銀一千五

百四十兩八錢一分。康熙五十年，編定五千六百七十八丁，内下中則二百七十四丁，下下則五千一百八十三丁，供丁下中則二丁、下下則一十七丁，衛丁一百七十三丁，匠丁二十九丁。照前，征則不等，共征丁銀一千八十七兩五錢一分。

雍正二年奉文，密雲縣應征丁銀，按地銀每一兩攤銀二錢七厘零，應攤入丁銀三百八十兩五錢四分五厘零。遇閏照攤丁銀十四兩五錢九分七厘零。其餘丁銀七百六兩九錢六分五厘零，攤入通省地糧内。《賦役全書》。

按：現在丁銀，仍照每兩二錢七厘零，攤入錢糧之内。惟祇有攤入之二百九十餘兩，已不及三百八十五兩餘之數，亦并無攤入通省地糧之項。詢之户房經書，云每届册報，止沿用地丁錢糧名詞，并不區分某項若干，不知何時減免。案牘雖存，已無從檢閲矣。

地畝

康熙六十一年，量定民地。前明原額二千七百三十三頃四十三畝二分零。自順治九年後，節次圈丈并投充帶去、沙壓水沖等

地二千一百五十一頃四十一畝三分零，實存地六百七十三頃四十五畝四分零。按：原額除投充等地外，應實存五百八十二頃餘。照現數則溢出九十一頃四十餘畝，先後兩數，必有一誤。內圈剩民地五百四十二頃十五畝四分零，每畝征銀二分八厘一毫一絲七忽零，遇閏加銀一厘一毫七絲六忽零，征黑豆三升八合七勺七抄。開墾地二十頃八十六畝三分四厘，每畝征銀三分，遇閏加銀一厘一毫七絲六忽零，不征豆。退圈地十九頃，每畝征銀六分，遇閏加銀二厘三毫五絲二忽零，不征豆。受補河間地九十一頃四十三畝五分七厘零，每畝征銀一分四厘一毫一忽零，遇閏加銀五毫三絲七忽零，不征豆。

康熙六十一年，量定屯衛地。前明原額六百九十一頃一畝九分四厘。自順治二年後，節次圈丈并投充帶去等地五百八十四頃三十三畝八分六厘，實剩屯田一百六頃七十八畝八厘零。內中衛周各等屯熟地九十二畝二分，每畝征銀二分七厘、豆三升。新莊等屯籽粒地二頃七十九畝，抬頭屯澇窪地二頃五十三畝，梨園等屯鹽商地五頃六十三畝九分九厘，汝口屯招佃地三頃七十五畝，以上每畝征銀一分，征豆一二升不等。右各等屯衛節年開墾退出地五十

四頃三十五畝，每畝征銀一分，宰相等屯退圈地并康熙四十四年、五十九年新收退回地二十七頃三十畝，每畝征銀二分。以上均不加閏。右各等屯以下并不征豆，受補河間地八頃八十六畝五厘零，每畝征銀一分四厘一毫一忽零。遇閏加銀五毫三絲七忽零，不征豆。按：實剩，綜計缺一頃四十四畝餘。

墻子路開墾上地一頃九十八畝三分九厘零，每畝征銀二分四厘；中地十一頃八十六畝四分三厘，每畝征銀一分八厘；下地三頃八十六畝七厘，每畝征銀一分二厘。

各路倉場，共地一頃二十七畝五分三厘，每畝征銀五分零。

康熙三十八年開墾老荒地，四十四年起科。共地四十二畝五分，每畝征銀一分八厘。

以上縣衛各地，共七百九十九頃六十四畝四分。各地征銀、豆不等，共征銀二千零六兩七錢三分四厘，加閏銀七十六兩二分四厘，共征豆二千一百二十八石九斗四升七勺六抄四撮一圭一粟。所計頃畝總數，與前不甚符。

雜稅

當稅銀六十五兩。牲畜稅銀五十三兩八錢二分零。牙稅銀一百四十一兩，加閏十一兩一錢五分。房地稅契銀十七兩二錢一分一厘。

鹽課

額鹽四千二百六十八引，每引納課銀四錢六分六厘四毫二絲。

旗地

王家樓地十八頃，太子務地十八頃，韓各庄地三十頃，沙河莊地十八頃。每莊頭一名種地十八頃，每年納穀一百二十石，祭祀猪三口，喂養官馬二百匹。由内務府暨户部各派章京一員，會同催收穀石，交縣經管。雍正二年以後，每穀一石折銀五錢，由莊頭徑交内務府。以上均采薛志。

縣地田畝分山田、平田。其在山者，地瘠土薄，墾種數年或數十年後，地力既盡，率成荒廢。其在平地者，潮、白二河泛溢無常，水衝沙壓，不一而足。逮水勢既退，東西遷徙，滄桑之變，指不勝屈。雍正而後，此報開墾，彼報荒弃。至今，額征與薛志所載并殊，求其异致，舉不可得。謹據今志，録存如左。雜稅、旗租，并視此例。

現存田地六百一十二頃六十六畝零六厘二毫，每畝每年征正、加銀不等。計征正、加銀一千四百三十九兩八錢六分零八毫八絲，每兩均攤丁匠銀二錢零七厘零。計攤丁匠銀二百九十八兩零八分四厘五毫六絲。共征正、加并均攤丁匠銀一千七百三十七兩九錢四分五厘四毫。每畝征地閏銀不等，并丁閏銀共征地閏銀八十兩零二錢三分三厘八毫五絲。共征黑豆一千六百三十八石九斗四升六合四勺二抄。

額設俸工工料每年共銀五千八百七十二兩五錢五分一厘，應於本縣地糧内留支銀一千七百三十兩零九錢九分零二毫；其不敷銀兩，赴藩庫請領。

按：右載現田六百一十二頃餘，指交銀交豆者而言。在山者半由墾闢，近水者時受衝壓。平疇沃衍，十無三四，或成熟未盡升科，或漂没復經淤淺，遮糧飛洒。有納數畝之糧而種數十畝之田者，實在田數，相去徑庭。然圖籍蕪滅，無得而稽，姑就所知者解釋之。

民地錢糧，每畝額征銀三分三厘，正、加均在内。據前清光緒二十九年、三十年度陳任内册報，上下兩忙，額征地銀共一千七百六十六兩八錢二分九厘五毫，閏銀不在内。按糧計畝，止應存現田五百三十五頃四十畝零二分九厘餘。內征豆大糧地四百二十二頃七十三畝五分七厘，餘不征豆小糧地一百一十二頃六十六畝七分二厘，餘即薛志所稱開墾、退圈、受補河間等地是也。

每年額放中左右三營黑豆七百七十三石五斗二升，提標城守營黑豆一百五十石零四斗八升，提標前營黑豆一百八十七石四斗四升，密雲營黑豆一百石零三斗二升，曹家路營黑豆一百石零三斗二升，石塘路營黑豆四十二石二斗四升，順義營黑豆一百一十石零八斗八升。計共放黑豆一千四百六十五石二斗。存倉黑豆一百七十三石七斗四升六合四勺二抄。

按：征豆一項，向歸密、石、古三處經征。每畝征斛斗三升八合七勺七抄。原以爲駐密提標各緑營馬干之用。自同治年後，

營兵節經裁減，而放額轉增。據光緒二十九年度陳任内册報，額征如舊，額放一千四百八十一石八斗五升；餘存一百五十七石零九升六合四勺二抄，照章折價繳省。宣統三年，經縣議事會會議查，米豆交官，向用斛斗，每斗折合市斗六升，照額征合二升三合，而經收者經征至市斗四升。議決，以三升九合爲正額，外酌加餘耗六合，收斛斗四升五合；即以餘耗爲辦公之費。全案通過，現均照征。惟縣署仍照原額册報。民國二年

二月，自提督以下緑營將弁，全數奉裁。其征豆一項，著按每石七錢折合銀兩，儘數解省。

升科地糧每年正閏銀八十七兩一錢四分九釐、無閏銀七十二兩九錢九分二釐，每兩隨征耗羨銀一錢，全數起運。

每年額征存退租銀三百一十二兩一錢一分九釐，另案租銀三百六十八兩八錢六分一釐，四次租銀一千二百四十五兩二錢一分五釐，奴典租銀一百六十九兩三錢七分一釐，公産租銀八十五

兩九錢六分七厘，鑾儀衛租銀一百七十二兩二錢零一厘，馬館租銀一百二十兩零四錢三分，儲備軍餉租銀十兩零三錢四分五厘，旗産升科銀二十五兩一錢零二厘，博通租銀九十六兩，全數起運。

按：右所載，即所稱八項旗租也。本非八項，沿舊名耳。其曰租者，原非民産也。現已悉爲民産，仍謂之租。每畝征銀一二分、五六分不等，照章解部，爲皇室經費。共征銀二千六百零五兩六錢零六厘。據光緒三十年度陳縣尊雄藩册報，額征銀二千一百零一兩零九分一厘八毫，較原額減少五百零四兩五錢一分四厘餘。其故不可得詳矣。從前，另設旗租房征之。自陳任内，裁并户房，又别名曰户租房。

每年額征當租銀二十五兩、〔注一〕牙税銀八十一兩六錢，全數起運。其房地税契、牲畜税無定額，儘數征解。

每年行鹽引三千零十五道，引課由商自行上納。引數仍舊。

按：當租自光緒年間免交，其税課由

〔注一〕「征」，原脱，今據前文例補。

然自沮。幸陳公雄藩宰密時，於財賦積弊曾澈底搜查，朝夕過從，稍得底藴，又覓得其稟報檔案。迨陸公嘉藻莅任，復據檔案，與之參証。於是十分之中，稍得一二。兹撮録舊志，間有一得，則加案語以分别之。若欲分條晰理，開卷瞭然，則以俟熟於掌故者。

商自行上納。田房契税自光緒二十七八年後，於正税三分加耗三厘外，節次加税，計加行政經費銀四分零五毫、補助各項學費銀一分六厘五毫；共銀九分，全數解上。外附加税銀二分、串底銀二分二厘，爲縣議事會、勸學所、警務公所、女學堂辦公經費。共征税銀一錢三分二厘，由税契科經征。現改組行政公署，勸學所、税契科取銷，驗契章程新經公布，舊制復將更改。亟將沿革之迹，書其概略。

志曰：密雲田賦種類，極爲複雜。約而言之，大别不出六種：曰皇糧，莊頭掌之；曰旗租，即官租，由縣署經征；曰王府各租，亦莊頭掌之；曰屯衛地；曰民田；曰開墾地。以前明原額考之，自節次圈丈、投充、衝壓之後，所餘民田不過六分之一，而賦率復參錯不齊。滿擬鈎稽案牘，以求其詳細規制，而補舊志所未備。正逐類調查間，適縣長以貪墨去官，而老於吏事者，又皆惡其害己而相率緘秘。因阻力横生，遂廢

兵制考

密雲拱衛京師，鎖鑰北路，誠邊防重地也。雍正間，始於柳林營改置提督，節制直隸通省。乾隆時，復移滿蒙重兵駐防縣地。同治朝，更由提營挑選精鋭騎步，立營古北口，名曰練軍。安不忘危，慎益加慎，厥制善矣。顧滿蒙略同，禁旅提營本涉合局，練軍初非舊制，曹家路、墻子路復隸鎮標，棼而又棼，歧之又歧，舉一既已漏萬，順此或至失彼。變體特書，約其類爲五，曰滿蒙全軍額數、提營全軍額數、練軍五營額數、縣屬各營額數、舊制裁撥年代。於平鋪直叙之中，仍寓畸重畸輕之旨，義歸專斷，事异鋪張。至明代邊防，并附録之。

滿蒙全軍額數

副都統一員，駐縣治東北三里，乾隆四十五年設。轄協領四員，各管滿蒙二旗，內兼前鋒翼長一員。佐領十六員，內兼前鋒參領二員。防禦十六員，內兼前鋒副章京二員。驍騎尉十六員、領催八十名、前鋒一百二十名、馬甲一千五百八十名、步甲一百名、養育兵二百二十名，

〔注一〕「東北」，原脱，今據前文補。

內筆帖式二員，由本營兵丁考取。藍翎長五名、委前鋒校十六名，均由本營前鋒內拔取，仍食原餉。凡轄官五十二員、兵二千一百名。額馬四百五十匹。旗下分防之地五，曰古北口、昌平州、玉田縣、三河縣、順義縣。

提營全軍額數

提督一員，駐縣治東北一百五里柳林營，舊爲古北鎮，康熙三十二年置。

〔注二〕《通志》職官門作三十年，兵制門作二十九年。

總兵官一員，四十二年升提督，尋復爲鎮。雍正元年，裁總兵，升提督，轄三屯、石匣、山永三協，昌平、河屯二營。原設中右兩營，九年增左營。十二年，裁并石匣協爲提標前營，共轄中左右前四營。標下弁兵，中軍參將一員，游擊三員，都司三員，中軍守備四員，千總八員，中軍千總一員，把總三員，外委、額外四十三員，馬兵二百四十六名，步兵九百三十九名，凡轄官六十六員，馬步兵一千一百八十五名。營馬六百七十一匹，自備馬一百二十五匹。分駐之地四，曰石匣城營、即前營密雲城守營、順義城守營、古北口城守營。

練軍五營額數

提督兼轄，駐縣治東北九十五里，距古北口

十里，同治年設。中左右各一營，每營管帶官一員，幫帶官一員，哨官四員，哨長五員，什長四十名，親兵五十名，護兵四十名，正兵三百六十名。馬隊一營，管帶官一員，營官一員，幫辦官一員，哨官四員，督隊官五員，翼長一員，馬隊兵丁二百五十名。操馬二百七十二匹。凡轄官五十四員、兵二千二百一十名，〔注一〕馬二百七十二匹。

縣屬各營額數

古北口滿蒙駐防，原駐熱河，乾隆四十五年九月歸密雲駐防都統管轄。防守禦一員，防禦二員，驍騎校四員，委驍騎校、領催、馬甲、養育兵丁共二百一十員名。馬十六匹。

石匣城營，（即提標前營。）游擊一員，中軍守備一員，千總一員，把總一員，外委一員，馬兵三十名，步兵一百六十三名。營備馬六十匹。

密雲縣城守營，隸提標。都司一員，中軍千總一員，把總一員，外委一員，馬兵十六名，步兵一百一十三名，營備馬三十二匹。

古北口城守營，隸提標。都司一員，中軍千總一員，把總二員，（一駐司馬臺，一駐潮河川。）外委一員，額外二員，

〔注一〕「兵」，原誤作「共」，今據光緒《密雲縣志》改。

馬兵三十一名，步兵一百十五名。營備馬四十九匹。

石塘路城守營，由白馬關移駐，隸提標。把總一員，外委二員，一駐白馬關，一駐大水峪。馬兵十二名，步兵五十九名。營備馬十三匹。

曹家路營，隸馬蘭鎮鎮標。都司一員，千總一員，駐揚家堡。把總四員，一駐黑峪關，一駐吉家莊，一駐板谷岩，一駐窄道子。外委一員，額外六員，馬兵三十六名。馬三十匹。

墻子路營，隸馬蘭鎮鎮標。都司一員，把總三員。一駐鎮羅營，一駐將軍關。

舊制裁撥年代

綠營現已全數奉裁。兵馬裁撥數目，不復詳載。

古北口駐防，已見前條。

石匣城營，舊名密雲協。原設副將一員、中軍都司一員，轄曹家路、墻子路兩營。雍正二年，墻子路營改隸馬蘭鎮。十二年，省密雲協，改爲提標前營。裁副將，設游擊一員。改中軍都司爲中軍守備。仍轄曹家路營。十三年，曹家路營改隸馬蘭鎮。

密雲城守營，原設守備一員。雍正十年，裁守備，改設都司。

古北口城守營，原設都司一員，仍前未改。

石塘路城守營，原設都司一員。乾隆五年，裁撥都司於巹華營，由黄花路撥回守備一員。道光二十三年，裁撥守備於通永鎮，由白馬關撥過把總一員。

曹家路、墻子路兩營俱詳石匣城營，兹不復載。

明季各營衛

總督軍門一員。初遣重臣巡視薊遼，間或稱提督。嘉靖二十九年，始置總督薊遼等處都御史，駐密雲，總轄順天、保定、遼東三巡撫，兼理糧餉。萬曆初，移鎮山海關。九年，兼順天巡撫等處。十一年，復舊。

督標中軍參將一員，嘉靖二十九年置。

督標左營游擊，嘉靖三十七年置，或加副總兵、參將銜，統領督標。標下騎兵，專俟應援古北口、墻子路。萬曆四年，改駐石匣。

督標右營游擊，嘉靖四十三年置，或加副總

兵、參將銜，統領督標。標下參兵，專俟應援古北口、墻子路。

振武營游擊。初成化二十一年，改鎮守都指揮，原天順六年置。爲分守參將。正德二年，改鎮守參將。十一年，改鎮守副總兵。嘉靖元年，復爲分守參將。十八年，復爲副總兵。三十年，改協守。三十三年，改分守。四十二年，改游擊，或加總兵銜，專俟應援墻子路。

輜重營游擊，隆慶六年置，統領督府兵馬輜重，轉運軍餉，兼應援曹家路。

永勝營坐營，隆慶四年置，以都指揮體統行事，統領督標兵馬，轉運軍餉，兼應援曹家路。

守備營，嘉靖四十一年置。

西路協守副總兵。弘治十三年，置分守參將。嘉靖初，改游擊。隆慶三年，改協守西路副總兵，駐石匣，防守石匣、古北口、墻子路、曹家路。

石塘路參將，嘉靖三十年置，分守石塘路、白馬關等處。

古北口參將，永樂初，設守備。正統初，改提

調把總，以都指揮充之。正德初，復爲守備。嘉靖三十年，增設參將，分守古北口、潮河川等處。

曹家路游擊，嘉靖三十年置。三十一年，改游兵。未詳 隆慶二年，復爲游擊。分守曹家路地方。

墻子路參將，嘉靖三十年置，分守墻子嶺、吉家莊、鎮羅營等處。

大水峪守備，嘉靖十六年置。

石塘嶺提調，隸石塘路游擊。

白馬關提調，隸石塘路游擊。

古北口提調，弘治七年置，隸古北口參將。

潮河川提調，弘治七年置，隸古北口參將。

曹家路提調，隆慶十二年置，隸曹家路游擊。

墻子嶺提調，嘉靖十六年置，隸墻子路參將。

吉家莊提調，萬曆元年置，隸墻子路參將。

鎮羅營提調，嘉靖十六年置，隸墻子路參將。

漕運把總，萬曆二年置，以指揮行事。

密雲中衛，洪武五年置，駐縣舊城。指揮使三員，指揮同知七員，指揮僉事九員，掌印指揮一員，經歷一員，衛鎮撫司一員，左右中前四所并潮

河川守禦所正、副千、百户，共七十五員。

密雲後衛，洪武十一年，《明史》作十二年九月。置守禦千户所於古北口城。三十年，改爲後衛，置指揮使三員，指揮同知六員，指揮僉事五員，掌印指揮一員，衛鎮撫司二員，經歷一員，左右中前後五所正、副千、百户，共三十五員。

武教授一員、科正二員，隆慶五年置，訓練武士，以備將選。萬曆三年，裁教授，置提調。

武學教官，嘉靖四十四年置。

案：尚有前鋒、中權、後勁、川兵、奇兵、石匣凡六營，未詳建置年月，薛志列於守備營之後、西路協守副總兵營之前。

志曰：駐密兵制，大别爲三：曰滿蒙駐防，曰練軍，曰緑營。民國紀元，有裁汰滿營之説。都統乃就原額選擇。編練陸軍，屢以三營爲請，率格於部議，準編一營，第一、三營未能成立。二年夏間，緑營亦全數奉裁。除提督另候委用外，參、游以下悉取銷。練軍以邊防重要，緩裁。鎮標兩營以守護陵寢，不在裁汰之列。

縣議事會

廉遠堂高，澤不下究，箕風畢雨，情不上聞，則其象爲睽。懸鞀建鐸，謀及庶人，瞍誦虞箴，貢於天府，則其象爲兑。議會之地位與議員之資格，必其通曉治術、洞達民情者乎！以建言之權，通上下之閡隔，決利弊之興除。參事會司而守之，行政官執而行之，於三權分立之中，實有環相爲宮之義。縣議、參事會比之議院及省議事會，以形式論之，則各有一體；以事實言之，則具體而微。謹就建設以來之規制，及名稱之沿革，叙録如左。

縣議事會托始在清宣統二年奉到民政部。元年十二月所奉廷諭及憲政編查館覆奏《地方自治暨選舉章程》。先於會内設立自治研究所，遣員赴天津自治總局學習自治法理。歸而講授，即改爲自治預備會。三年，乃正式選舉議長、議員、參事員及城鄉董佐，籌設縣議、參事會。分密雲全境爲十二鄉，而以城議事會、董事會冠其首。於是年五月間詳報成立。

會所及職員

縣議事會在縣署前。其建設規制，詳載衙署類。

監督一員。本縣行政長官兼參事會會長。

正、副議長各一員。

議員二十員。

縣參事會：遵自治章程，合并設置於議事會。

參事員四員。

議、參事會文牘各一員。

庶務一員。

理財所董事一員。

税契科理事二員。

會計科司事一員。

書記二員。

城董事會：附屬於議事會内。

總董事一員。

董事二員。

名譽董事無定額。

城議事會：城爲縣屬之一部分，故别於鄉議事會前設城議事會。

正、副議長各一員。

議員十四員。

鄉議事會：

第一鄉議事會在金山莊。

第二鄉議事會在鎮羅營。

第三鄉議事會在中莊。

第四鄉議事會在紅寺莊。

第五鄉議事會在白岩莊。

第六鄉議事會在大水峪。

第七鄉議事會在溪翁莊。

第八鄉議事會在燕樂莊。

第九鄉議事會在黄各莊。

第十鄉議事會在東莊稟。

第十一鄉議事會在小營。

第十二鄉議事會在石匣。

正、副議長各一員。

議員四員至八員不等。

鄉董佐各一員。

縣議事會會期

每年九月初一日開會，十月初十日閉會。期限至多不過四十日。例會，以每月朔、望日開會；議員不過半數，不得開議。臨時會，無定

期。

議長議員任期

議長、議員均以三年爲任滿。而議員及董事每年改選半數，使新舊相銜接。

期。

議長議員任期

議長、議員均以三年爲任滿。而議員及董事每年改選半數，使新舊相銜接。

密雲縣志卷五之二

警務

詰盜之術，短期則有團練，長期則有保甲。然萑苻竊發，蟊賊潛生，遏其萌、消其患，整商民之秩而保地方之治安者，則惟警察是賴。其法導源於日本，而直省之設置，則托始於天津。庚子變亂之後，都城始有巡警部，嗣改爲巡警廳。實則因聯軍入城，八國分區而立，各設巡捕以警察非常。迨和議既成，聯軍撤退，當道艷聯邦巡捕之制，乃賡續而組立巡警。我密承民政部通飭

《地方自治章程》，遂於城、鎮、鄉分設巡警，董以城紳，教以警務畢業生，而新招募之警兵始稍稍通曉警章，而以保衛地方爲職務焉。

警察事務所，原名巡警局，後改警務公所，現易今名。在東大街文昌宮，前清光緒三十年知縣陸嘉藻、邑紳甯權、紳士張曾原籍廣東。醵貲創立。原額三十名，以警務畢業生爲巡官，教帥之。嗣以經費日絀，減至今額。

警務長一員。初名巡官，現改今名。

警董二員。

巡記一員。

巡長四名。
警士二十二名。
各鄉警董，原設每鄉一名。
各鄉巡警，原設十餘名或二三名不等。

各鄉巡警，原設十餘名或二三名不等。
各鄉警董，原設每鄉一名。
警士二十一名。
巡長四名。

商會

國有四民，商居其一。中國貴農而賤商，商業因之不振。商之本在民與工，商困而民與工交困。《周禮·司徒》司市、廛人之有官，遷《史》貨殖之有傳，班《書》食貨之有志，可謂知本矣。我國京師及各省商埠并海外華僑，類無不有商會，以聯合群志、平治市廛、扶植傾危、保護資本，戒其壟斷而作其懋遷。必舉財雄望重、於商業富有經驗者爲之長，示有統屬，而重擔負也。茲舉立會大意，略著於篇。

商務總會，設於南大街三聖神祠，即買賣銀糧之會館。宣統元年建。

總理一員，掌監督闔邑商情，爲之代表，及決議臨時發生事件。主持商會一切事務，而受其成。

協理一員，職掌與總理同。

董事六員，掌執行經常商法，及臨時決議事件。

評議二員，掌評議臨時發生事務，調和衆商，

平其争競。

文牘一員，掌一切文移、禀報及函牘諸事。

司賬一員，掌登記在會各商交易銀糧賬目。

稽查一員，掌稽核司賬之遺誤及一切弊端。

庶務一員，掌購買一切應用器物、零用物件及收存監守。

石匣商務分會，在石匣城内。

古北口商務分會，在古北口城内。

附度量權衡説

按：度量權衡，爲商場之要鍵，尤爲國

制所關。而密雲一縣之内，相隔數十里，即已自爲風氣。比較同异，事極繁難，姑以縣城論之。營造尺比工部尺長三分餘，裁尺每尺合營造尺一尺五分，布尺每尺合裁尺一尺六寸，復有高香尺，每尺合裁尺一尺七寸四分，此度數之不同也。市斗通用衛斛十五五，其實每斗合斛斗一斗六升六合六勺餘；石匣用衛斛十八五； 古北口則衛斛二十，此斗量之不同也。 密雲平碼每兩較庫平弱一分四厘、比京市平强三分，而權則有加一、

加二、加五厘、三厘者；石匣、古北口酒權，每斤至二十兩，此權衡之不同也。習慣已久，强爲畫一，轉稱不便，不如使民宜之之爲愈也。

加一斤加五厘、三厘者，右匣、古北口酒醬，每斤至二十兩，此權衡之不同也。習慣已久，强爲畫一，轉多不便，不若使民宜之之爲愈也。

政略上

吴漢，漢安樂令，説漁陽太守彭寵附光武。由是，漁陽、安樂并爲漢有。

韋宏機，唐檀州刺史，建學宫，教生徒，郡中大治。明萬曆六年，從知縣張世則請，祀名宦。

李瓊，後周安州防禦使，治郡寬簡，民勒石頌德。

邊思退，後周檀州刺史，幽薊人。明萬曆六年，從知縣張世則請，祀名宦。

黄友，宋檀州通判。郭藥師叛，友率麾下與戰，躬冒矢石，裂唇齒。欽宗召見，稱嘆久之。明萬曆六年，從知縣張世則請，祀名宦。

楊漣，元檀州知州，勤慎有爲。均平傜役，割俸修學宫，振興文教，百姓思之。明萬曆六年，從知縣張世則請，祀名宦。

聶守節，元檀州知州，修學宫，課農桑，士民丕變。

常遇春，明開平王，將兵出柳林，密雲内附。

唐忠，安徽含山縣人。明洪武五年知密雲縣

事，廉以律己，慈以撫衆。

謝彦文，明洪武十一年知密雲縣事，修縣志。存心公恕，待下慈祥。

王榮，直隸潁上人。天順中，官密雲鎮總兵，撫馭將士，恩威并用，屢建奇功。

邢良，河南人。明正德二年，知密雲縣事，存心廉介，處事詳明，催科不擾，讞獄平恕，百姓思之。

朱鳳儀，山東人。明嘉靖八年，知密雲縣事，勸課農桑，均平徭役，刑賞得宜，奸猾斂迹。萬曆六年，從知縣張世則請，祀名宦。

楊照，遼東前屯衛人。古北口參將，以退敵功遷密雲副總兵，晋都督。鎮守進戰，斬馘一千八百六十三級，獲駝馬一千七百餘匹，收降卒三十二名。照性沈毅，撫士卒能得其死力，嘗刺「盡心報國」四字於胸前脊後以自勵。將戰，先以後事付家人，故所向無敵。

周益昌，歷官墻子嶺參將、古北口副總兵、都督僉事，鎮守薊州。嘉靖三十年，敵至古北口，益昌力拒之。敵既退，遷都督同知。三十四年，斬

馘、獲馬匹器械有差，晉榮禄大夫。卒，賜祭葬，贈右都督。

楊博字維約，山西蒲州人，明嘉靖己丑進士。二十七年，總督薊遼保定軍務，所向有功，晉太子太保。三十一年，疏請分定防秋地方，修理邊墻。三十二年，疏請修築潮河川小石城六座，建敵臺三重，修護關舊墻一百三十二丈，創置横城，起野猪嶺訖猪嘴塞河口北石崖，分屯勁兵以爲聲援，邊備賴之。

劉燾字仁甫，直隸天津人，以進士起家。明

嘉靖時，總督薊遼，議墾邊地，令薊州、永平、昌平每道領民、兵工食銀五千兩，備辦牛具、籽種，共開荒地。於是，古北口得地二十六頃，墻子嶺得地十七頃，石塘嶺得地十八頃。各以所在副總兵、參將莅其事，地之所出則分給用力軍士。既著成效，乃於四十二年疏請舉行。

譚綸字宜詔，江西宜黄縣人，進士。明隆慶二年，總督薊遼，疏請設薊鎮三營，分駐密雲、遵化、三屯，以戚繼光總理之。復請置敵臺三千，自居庸東距山海，斥堠相望。

劉應節字子和，山東濰縣人。明隆慶五年，疏請建三武學於密雲、遵化、永平等處，以儲將才。所業，一曰韜略，如《武經七書》、《春秋左傳》、諸史、百家等書；一曰武藝，弓、弩弓、槊、矛、盾、戈、鋋、神機之屬；一曰膽力，能引弓若干鈞、弩若干石、鼎若干斤以上爲入選；一曰雜技，如陰陽、星歷、火攻、水戰陣圖、秘術、奇技之内。每學肄業百人，先儘將門子弟、衛所幼官、襲蔭舍人選入。其在民間者，須有絶技巨力、超群資質。選十之三，分三等，上等月給米一石，二等

米六斗，三等米四斗五升。開科之歲，如例應舉。其才有可用者，許各道隨時舉送督撫，因能任事。果有奇材异能，許指名特薦。從之。次年，疏舉醫官喬登、武舉趙佑、徽州生員汪應鳳爲武學教授，并從之。是年，築堤城東三百五十餘丈、城西百丈有奇，并高三丈五尺。復引潮、白二河合流，通行舟楫。又疏請改通州漕運爲河運，并見施行，兵民便之。

楊兆字夢鏡，陝西膚施人，進士。明隆慶五年，總督薊遼。龍王峪之戰，親冒矢石，以火攻却

敵。明年，敵至馬蘭峪，復敗之。萬曆四年，以密雲舊城湫隘，疏請於城東建新城，爲重障。從之。旋擢官入閣，士民立生祠以祀。卒，謚「襄毅」。

張世則，山東諸城人。明萬曆三年，知密雲縣，創修縣志。唐宋以來官斯土者，凡有實政，并請入祀名宦。百廢俱舉。先是，城南門外民病涉適，縣人王自綱等醵銀爲建浮圖費。世則勸令造橋，自綱等大悟，乃建廣濟橋於南門外。

徐光前，明萬曆間知密雲縣。縣地軍衙馬多，民地三頃，例得養馬一匹，民深以爲苦。光前力請於上官，得請地九頃養馬一匹。

尹同皋，山西興縣人，進士。萬曆四十一年，知密雲縣。舊制：上地一畝，準一畝；中地二畝五分、下地五畝視上地一畝，名曰「推白地」。時丁糧繁重，同皋毅然改定：每丁銀一兩，減銀二錢二分；均其田賦，每地一畝，納銀二分七厘；歲有閏例，得加征，悉請豁免。又清庫吏之累，省役擾，除雜徭，定牙税，置漏澤園。治聲大著。

蘇登字天階，原名日昇，福建南安人，由行伍

起家。順治十四年，官福建汀州副將，奉廷旨調直隸，教習藤牌。召見，賜蟒袍、補褂，授石匣副將。康熙時，戛爾旦犯順，天子統六師親征，命爲前敵，賜今名。凱旋，以功晋都統銜，秩同一品，賞花翎，兼襲騎都尉世職。後以忤權貴奪世職、花翎，留任。旋卒於官。

柏大里，康熙十三年爲工部分司。木商劉機匠，山東人，植黨爲暴市廛。大里按其不法諸事實如律，論絞，境内肅然。

陳士銓，浙江山陰人。康熙三十五年，知密雲縣。時久未編審户口，人丁死故逃徙者三千餘名，丁徭如故額。士銓力請於上，始得按現存户口征丁。古北、石匣既置總兵、副將，益兵額至二千名，部議歲令知縣在縣采買兵米運送。士銓極陳輸挽之累，内務府郎中鄧光乾亦以爲言，乃止。

薛天培字子因，雲南建水縣人，康熙乙未科進士。五十七年，授密雲知縣。故事，倉儲減糶，例得以銀解部，浮費至數百金，率取於民。適有減糶銀五千九百兩有奇，部促起運，民以爲憂。天培按籍，知古北口駐防官兵歲支餉米銀四千七

十兩有奇，例由知縣在部請領，乃歷陳上官，遂得互抵。六十年，邑紳額參以修理石匣城垣承辦工料未集，爲工役吳有德等所窘，凌辱甚。額參故吏部郎中，大以爲耻，書狀納懷中，縊死。天培案其事，同官以牽涉大僚，欲寢之，執不可，徑申部，戍吳有德等三人如律。縣地文風靡弱，乃捐建義學於縣城及古北口、石匣，延老師宿儒教之，月朔、望課士，手自評定，民始興學。其俗，婚姻多中變，懸爲厲禁。有婚嫁愆期者，資以花紅、鼓樂、輿馬，以濟其貧。風俗丕變。遇大役及軍糧倉儲，皆身任之，不以累民，費雖不貲，勿顧也。雍正元年夏秋間，兼攝懷柔縣，蝻生遍野，往來捕治，勢益張。乃禱於八蜡廟，逾夕，兩邑之蝻抱禾盡死，傳爲异事云。舊志作雍正乙未科，復即書五十七、六十年，末又云雍正元年。查雍正無乙未年，亦無五十七、六十年，必係康熙之誤。乙未在康熙五十四年，是年成進士，五十七年授密雲知縣，年分亦合。惟職官表作五十八年，未知孰是。

于大中字竹坪，密雲訓導。道光時，入祀名宦。

徐國楨字贊廷，安徽人，以軍務起家。光緒二十六年，由昌平州牧權知密雲，值拳匪變起，五六月間，蔓延遍全省。闔邑驚擾，有反抗者，禍立

至。國楨素有膽略，知匪焰正熾，猝不可戢。乃陽與委蛇，陰爲鎮攝，故未釀巨患。九月杪，武衛敗軍以京師淪陷，其魁首僞建大將旗鼓，沿途擄掠，進逼南關，凶悍甚。邀縣官出見，意在威脅、索財物。遂見之於譙樓，窮詰，得其僞狀，遂嚴斥，使出境。敗軍乃帖然去。十一二月間，德兵兩次入境二千餘人，殊蠻横，要求無已。國楨見其將校，抗辯無少屈。急與邑紳甯權等設支應局於三聖祠，備牛、酒、羊、鷄、米、麵若干。凡所要求，可者應之，否則拒之。前後幾二十日，晝夜徒

步走風雪中，悉力維持，幸未遭蹂躪。京北一帶，惟密雲受患最輕者，公之力也。旋擢北路同知，去。

陳雄藩字紹搏，陝西安康人，以軍務起家。光緒二十九年，知密雲縣事。時勵行新政，學部及大府催辦學堂甚亟，以鉅款難集，遷延未果。甫下車，即倡率紳耆，就白檀書院改建學堂。書院舊有生息本銀七千七百餘兩，益之以捐集銀一萬九千五百餘兩，共得現銀二萬餘兩、錢八千餘吊。乃鳩工庀材，增修堂舍，購書籍，置儀器，招

生徒，延教員。除支用外，尚存一萬一千餘兩，發商生息，爲常年經費。復於城鄉設蒙養學堂四十餘處，以教鄉曲子弟。觀其規畫周詳，洪纖畢備，洵可稱才大心細。至其判決明敏，厘奸剔弊，尤於吏役不少貸，雖經百折，必達其志願而後已。某鉅公許以有見識、有魄力，足以當之矣。旋以挂誤奪職去，識者惜之。

張夢筆，四川巴州人，光緒甲午科舉人，大挑知縣。宣統三年，權知密雲縣事。故有車班，差役充之，遇鑾輿行幸、星軺過往，以至兵差、紅差、餉械軍火委員過境、縣官公出，以地當孔道，供應既繁且急。率持票索車，民間賂之得免，否則強取應之。且誅求每逾額，以爲魚肉計。今皇差、試差雖停止，餘仍如舊。每百里例發官價一金，作正開銷，迨層遞剋削，實領不及半。脂車秣馬，悉備自車户。一經差員，勒打過站，至三五站不止。或經旬累月，不能旋里，變賣車馬，丐而歸者，比比也。民甚苦之。前任知縣殷公謙、屠公義容，迭經通詳，請令委員自雇，終牽制不果行。張公以爲欲蘇民困，復不誤公，斷非一紙空言所

能濟事。乃招集紳民，議立官車局一所，籌捐東錢三萬七千餘串，按九厘發商，歲得息四千餘串。明定章程，遇有前項要差，悉用價雇，此外概不供應。并泐石以昭信守。數百年積弊，一旦豁除。由是，車户皆免擾累，商民稱便焉。以上三人新增入。

志曰：尺有所短，寸有所長，吴起殺妻而奏效西河，黄霸爲相而譽减潁川。但使在此一官興利除弊、遺德在民，即當臚列事實，比之《甘棠》。否則，學類顔、曾，功侔衛、霍，於縣無補，何得越境而書？人以事重，亦以地重。班固紀傳所列事迹，界以西京，循吏、儒林撮其節要，亦僅寥落數語。例所由昉，勿以是爲詹詹也。此舊志原文也。繹其詞意，文武兩階中，必有遷地弗良、行止可議者，故於論贊中，略見微指。續登三人，亦具此意。但當節取，弗敢求全。

政略下

張斌，南直隸合肥人。明洪武建都金陵，江南數省皆稱南直隸，故安徽亦在內。猶今之江蘇、江甯、安徽、江西通謂之兩江也。明洪武間，累官都指揮僉事，創建密雲衛所，修築城垣。尋以出師被執，不屈死。子麟襲職。

劉璽，密雲後衛百户，膂力過人，嫻弓馬，號爲驍勇。明嘉靖五年，巡龍王谷關，與敵戰於古北口，斬馘甚衆，卒以中流矢陣亡。入祀忠義祠。

張繼祖，密雲後衛指揮同知，任潮河川舊營把總。明嘉靖二十九年，率兵迎敵，陣亡。贈指揮使。

劉志高，密雲後衛千户、古北口千總。明嘉靖二十九年，率師遏敵歸路，力戰死。贈指揮同知。

魏祥，宣府前衛人，密雲參將。明嘉靖時，進戰石塘路，被執，大罵不屈。敵怒，交射之，死。入祀忠義祠。

吳秉直，密雲中衛副千總。明隆慶二年，敵攻灤河營。秉直轉戰至李家莊，力竭，猶手斬二

級，陣亡。贈指揮同知，録其子如所贈官。

吴阿衡字隆徽，河南裕州人，進士。明崇禎十三年，總督薊遼。十五年，率師出墻子嶺，與參將魯并死於敵。吴公戰死在十五年，舊志并書十三年，誤。

劉臣、王昇、郭祥、梁玉，千户殷寛、谷壽、牟滋，以上七人，據薛志云，明弘治十三年五月，在古北口陣亡，祀忠義祠。

署提標游擊海明，咸豐二年出師，在江蘇揚州陣亡。二品銜花翎協領兼前鋒翼長多隆武，謚「剛介」。副將銜協領、前鋒翼長玉崑，謚「武節」。花翎佐領額勒春，藍翎防禦奎豐，藍翎驍騎校烏勒西松阿、烏勒西春、額爾格春，以上駐防密雲滿、蒙營員，咸豐七年在河南、安徽等處陣亡。

直隸提督史榮椿，咸豐九年在天津陣亡。

直隸提督樂善，咸豐十年在天津陣亡。

佐領富爾遜、雲騎尉瑞明，以上駐防密雲滿、蒙營員二人，同治元年在陜西同州陣亡。

提標左營游擊黄金友、阿克東阿，外委張玉寶、邢立起、李慶錫，額外外委郭殿甲、王榮陞。

提標右營守備劉承翼，千總韓興邦、張振威、張志泰，把總金榮、史進孝、翟廷棟，外委毛毓奇、陳志永，額外外委張春生、林集貴、計智勇、何彩川、宜春。提標中營千總常麟、李福，把總劉榮陞、郭毓良，經制外委明安泰、李如，額外外委朱起順、杜芳。提標城守營把總杜芬。提標前營額外外委武維貞、武全。以上提標各營共三十二員，均於咸豐、同治間出師陣亡。

志曰：抗節戎行，宜與政略有殊似也。然馬遷作史，不聞標分品目，豈不以運際承平，亦説禮敦詩之儒雅乎？誠以捍衛邊圉，一旦死綏，其功不在文臣下。且中多末秩微員，膏潤疆埸，未必名標國史，正賴志乘爲表遺芳。至謂文武分編，又類有意區别，不妨直書「忠義」，是則未諳記載之本意矣。

事略

忠義

岳瀆鍾靈，是生英杰，舉其大也，然必産於一鄉一邑之間。其大者爲國家柱石臣，執干戈，衛社稷，全忠義之節，以比志常山、抗烈睢陽。次亦負政聲，抱才藝，矜式流俗，保障鄉閭。綜其生平，足以增輝史乘，比之揚州之金錫、西蜀之丹青，貢爲國華，蔚爲地寶。斯亦史家列傳、儒林、循吏、志藝文、方技之遺意也。

陶宗儀，密雲人。明天啓時以官舍護餉，四年運糧，六年浚漕河，儀咸預焉。崇禎三年，應胄子試。明年，成進士。五年，授桃林口守備。七年，遷平山衛游擊。十年，遷宣府火器營參將。十三年，調萬全衛都指揮使。十四年，任遼東甯前衛副總兵。前屯衛城陷，同弟宗顔、侄熊、家丁文明皆死之。事聞，賜祭，贈鎮國將軍，予謚「忠毅」，子默蔭百户；贈宗顔忠勇校尉，熊忠顯校尉。

唐文運，密雲縣人，明生員。聞甲申之變，痛

哭，飲鴆死。

吴道泰，密雲縣人，明武進士。任總河中軍，剿土賊，遇害。

郭茂林，古北口人，建昌營千總。咸豐二年，出師剿粤匪。四年，攻江南瓜州，陣亡。襲雲騎尉世職。

蔡英輔，古北口人，提標左營千總。咸豐四年，在山東臨清州陣亡。贈雲騎尉世職。

胡其振，古北口人，建昌營千總。咸豐五年，剿粤匪，在江南虹橋陣亡。贈雲騎尉世職。

袁得名，古北口人，提標中營把總。咸豐二年，以剿粤匪功授甘肅鎮羌營游擊、儘先參將。八年，攻江浦，陣亡。贈雲騎尉世職。

趙樹棠，古北口人，提標中營千總。咸豐二年，以剿粤匪功授山東德州營參將、儘先副將，賞確勇巴圖魯。九年，在江蘇六合縣陣亡。贈雲騎尉世職。

哈桂湘，古北口人，提標前營千總。咸豐二年，以剿粤匪功晋秩都司、儘先游擊。九年，在江蘇六合縣陣亡。贈雲騎尉世職。

任式坊字亦春，密雲縣人。父元勳，官直隸開州副將。式坊以咸豐壬子科舉於鄉。明年，成進士，授禮部主事，充儀制司司務廳主稿幫辦、精膳司掌印。四年，充實録館校對官。九年，補儀制司主事。十年，遷儀制司員外郎。十一年，以軍功賞知府銜。旋赴山東軍營，攻克館陶、冠縣，得旨以知府選用。是年冬，授江西瑞州府知府。同治元年，以克復華縣功賞戴花翎。尋丁憂歸。四年，服闋，奉旨發往貴州，以知府留營差遣。明年，授貴州安順府知府。是年十一月始入貴州，

道經玉屏縣二岔河，適苗匪由思州下竄，猝相值。式坊提刀，率子家駿突前，手刃數賊，力竭，父子并遇害。事聞，贈太僕寺卿銜，襲雲騎尉；襲次完時，給予恩騎尉，世襲罔替。家駿固候選從九，亦得贈恤如例。式坊性敦慤，尚風義，博稽群書，負經世略。官禮部時，鑾輿巡幸熱河，洋夷航海大至，衆心震懼，乃上書當事，條陳十二件事宜。初上書時，或謂非所宜言，勸其遠徙。式坊正色曰：「臣之事君，事所當爲、力所能爲，即勇於必爲，不可拘於職守而不爲。」聞者愧謝去。遇

害時在同治五年十一月二十五日。

史鴻儒，密雲城東虎狼谷人。初業儒，尚任俠，鄉閭有事，首出捍衛，不避艱險。清光緒二十六年庚子之變，闔邑驚擾，四鄉尤甚。鴻儒倡辦鄉團，以靖伏莽，附近莊村頗賴以安是。年閏八月二十日，以事往親貫家。中途猝遇潰兵二百餘人，勢甚猖獗，聲言赴墻子路燒掠。其處距路二十餘里。鴻儒聞之，急返，糾集鄉團保甲數十人，兼程往救。行至沙嶺梁地方，遂與潰兵遇。顧彼皆亡命，奮死力戰，衆寡又不敵。鴻儒遽中槍彈，斃路旁。團勇等見儒已死，知事不濟，遂解散。若史者，以急鄰里之難，奮不顧身，卒死於難。雖其志未遂，而忠義之氣，足以貫日星而薄雲漢矣！死時，年四十一歲。以地僻人微，未獲與死綏者同邀矜恤，惜哉！

志曰：密雲自石晋淪於契丹，往籍失載，豈僅韓通抗志，不列《周書》，鮑照人微，見遺《宋史》？由此而推，其湮没者何可勝道？舊志官民同録，未免主賓莫辨。今采明代三人，猶復語焉不詳。惟任式坊、

史鴻儒兩事在近代，尚得據其家傳，得諸口述，循是纂修，庶無闕略，誠非有所軒輕。後之覽者，其知此意焉！

密雲縣志卷六之三

事略

善迹

漢蓋延，要陽人。從安樂令吴漢歸光武，爲虎牙將軍，封安平侯，食邑萬户，子扶嗣。曾孫復封雲亭侯。明萬曆六年，祀鄉賢。

漢王梁，要陽人，初爲郡吏。吴漢説彭寵歸光武，寵以梁守狐奴，從光武，拜偏將軍，擢大司空。擊赤眉有功，拜河南尹，封阜成侯。〔注一〕萬曆六年，祀鄉賢。

三國程普，北平土垠人。以州郡吏從軍，入江東仕吴，爲吴郡都尉，遷零陵太守，官蕩寇將軍，封高密侯。

金竇明道，檀州人。明昌初，聚生徒講學於順州，訓以孝弟之義，時人化之。

元楊佑，檀州人，通敏有才幹。中統間，充本州軍官，仕至本州采金都提轄。

元趙伯敬，密雲人。至順間，知蘇州，修文廟，興教化，以仁廉聞。萬曆六年，祀鄉賢。

明成仁，密雲縣人，竭力事親。永樂二年，建

〔注一〕「阜成」，原誤作「高阜城」，今據《后漢書》改。

孝友坊，表其閭。

明李璣遠，西里人，由舉人官光禄寺典簿。性嚴正公恕，教從子淳、滄，俱登第。弘治朝，以五世同居旌其門。萬曆六年，祀鄉賢。

明李琚，密雲縣人。自琚以上，六世同居。弘治時，詔旌其門。

田仁遠，西里人，嘉靖中歲貢生，官山西壽陽縣主簿。器宇端凝，操履純正，設教不計束修，人稱爲古君子。萬曆六年，祀鄉賢。

明劉萬里，縣學廪生。嘉靖二十九年兵變，友人聶鏞全家遇害，僅存幼子緒。萬里收養之，教之讀。補諸生後，乃爲之授室。明萬曆六年，祀於鄉。

明孔廷謨字心禹，密雲縣人。事親孝肫摯如不及，親有疾，輒廢寢食。癸卯科，舉於鄉，以親老不仕。父殁，廷謨哀毁備至，恐過傷母意，乃節哀營殯葬。服既除，家益貧，又年穀不登，無以養母。始服官，宰石埭，摘奸發伏，民畏且愛。魏忠賢方用事，重其名，招之不至，左遷杭州府教授。訓士一本實詣，諸生多所造就。母卒，廷謨年六

十矣，慟慕如孺子。以喪罷官歸，遂不仕，惟閉門課子，鄉人稱五柳先生。子道明官守備，道昌官宿遷縣知縣，道醇邑諸生。

明劉啓元、王倉、王度、劉士登、劉自仁、蔡士迎、鄭守卿、啓元度，并諸生。薛天培志曰：「以上元、倉等係前明人，平居引義，慷慨施濟，憫窮振乏，鄉鄰德之。萬曆乙卯，歲飢，斗粟千錢，流離載道。啓元等捐米煮粥，全活者不可以數。計邑當潮、白二河之衝，居民時憂漂蕩，啓元等又捐貲築壩，以禦水患。間有逋賦不能納及貧困不能葬者，悉有以周之。以至橋梁、道路、廟祠并令長俎豆之宫，咸與有賴焉。時知縣徐光前、尹同皋相繼申請建坊縣署前，以志其功云。」

明龔先進字彬庵，密雲後衛人，居鄉愿恪，以孝友稱。萬曆六年，入太學。初授浙江湖州府別駕。時郡頻歲陽侯爲虐，漂泊民舍，先進設法全之。既丁外艱，服闋，補大同府通判，署懷仁縣知縣。值荒旱，民飢，市肆皆罷。乃爲發倉廩，停征徭，齋心步禱，甘霖沾足。俄以忤權貴，左遷陝西布政司知事。秩滿，升四川重慶府通判，存問耆

年，建學明倫，舉行鄉約，教化大行。以母憂，去官。終制，補鳳陽府通判，推誠布信，興水利，桑麻樹畜，各任其物土之宜。爲政簡易，不事催科。歲當征下縣漕米，頑猾多逋賦，上官將待其逾期，則劾之。民間微聞是言，争先輸納，訖事反在諸邑先。上官喜，將列課最。先進已絶意進取，遂解組歸，杜門不出。地方有司重其人，每造廬存問之。卒年八十三。子翼明，户部員外郎。孫蕃錫，新安府知府。

杜秉忠，明古北口路千總。都憲維陽王公嘉

其勤勞，擢守備。秉忠因不樂仕進，遂免官歸。性慷慨，喜推解。清朝順治九年，民飢，流離者多。秉忠爲食於縣城龍興寺以賑之，所活甚衆。十二年，復飢，又爲食於三官廟，全活尤多。户部巴公、兵部梁公、知縣馮源皆給匾額以旌其義，秉忠益爲善不倦。民有逋賦，將陷囹圄，或至負債鬻子女者，輒如所負與之，不索償。知縣劉徹奇重修文廟，首先捐貲助工。又嘗施藥餌、棺木。凡修橋梁道塗，靡不樂觀厥成。至家門雍肅，撫猶子恩誼兼盡，尤爲鄉人所樂道云。

牛維乾，石塘路人，樂善好施。康熙二十八年，歲飢。知縣孫國輔奉檄發倉廩賑濟，以維乾司其事。米不足，令民赴昌平州就賑。維乾捐貲，運至石塘以便民。又自捐米石，賑流民之無告者。

張鎮字嶽重，衛學生員。事父母終身，無疾言慍色，承順無違。其《思親詩》云：「自别椿闈下，旋經十二春。音容世外想，儀範夢中親。不接趨庭訓，猶思鞠育仁。昊天終罔極，洒泪泣蒼旻。」

周彬字甯野，謙恭渾厚，揚人之善，隱人之惡。布衣終身。

唐雍字葛風，縣學生員，謹言行，不慕繁縟。妻死，不再娶。設教都門，多所成就。嘗輯良方濟人。卒年八十五。

蔣昶字君昭，衛貢生，性渾厚。有竊其柴者，昶知之，贈而遺之，卒不以告人。自年二十訓徒，至八十三歲，制行如一日焉。

劉永嘉字天申，監生，行誼爲時所重。九門提督某延之訓讀，或有以重金求其關説者，驚

曰：「賂可受乎？」卒不取。後某罷官，幕中多株連，獨永嘉名不在籍中。

何其瑞字善先，縣學生員，力敦古，處淡泊，不與户外事。產業盡入旗圈禁，殊不置懷。惟訓子讀書。年七十餘卒。

任毓麟，歲貢生，幼有至性。大父之喪，父數日不食，毓麟亦不食。由是，衆异焉。及長，多善行，倡修文廟、義倉，施粥米、棺木，義舉必以身先之。竊賊夜入其書室，無所得，將捨去，止而勸化之。其人後竟改行。有一地而兩券以愚人者，事

覺，當鳴官。給以貲，俾贖其一，訟遂解。鄰里欲爲不善，則群相戒曰「毋俾任某知之」。嘉慶二十五年，舉鄉飲大賓。道光六年，選授廣平縣訓導。八年卒，年七十五。祀於鄉。

任壽鏡，縣文生，急公，知大體。父毓麟，另有事略。道光二年，寶坻縣請撥密雲衛學之缺額者入於寶坻，事幾集。壽鏡亟集紳耆，具禀請於大吏，學額遂得仍舊。他如公興名宦、鄉賢、節孝，無不以身倡之。

朱慶璞，邑庠生，黄各庄人。家素封，遇有善

舉，輒傾囊捐助。當寶坻請撥學額時，争甚劇，雖經紳耆籲禀，而學使意頗袒寶坻，掾吏復因緣爲奸。慶璞乃聯合同志，費給旅費，使入都謁當道，據原定學額力争。卒挽回大吏意，使寶坻應試人數溢於正額者，撥入府學取録，而衛學之額乃得如故。

王國令，石匣人。母劉氏疾，嘗茹素祈禱。母卒，哀毁甚。父榮繼娶楊氏，諸子咸求析居，國令獨願侍左右。楊復病發，事之無失禮。父殁，楊病益篤，飲食起居皆身親之，十餘年如一日。

楊殁，遂毁家以濟貧。同治七年夏，大旱，跪禱不食者三日，夜雨大至。

張四慶，寧村人。咸豐十年，母施氏病疫，刲股進母，尋愈。

謝椿字壽林，大段村人，歲貢生。弟棠，字小林，舉人。兄弟讓産。

趙承烈，同治二年歲貢生，幼有至性。逮年老，見父兄行，猶恂恂執子弟禮。家法嚴肅。同治四年，知縣事厲能官表其閭曰「孝友可風」。光緒二年卒。

劉廣通，雙井村人。嘉慶時，祖孫父子五世同堂。

按：前志於續收人物，多不著事迹。如牛維乾祇有賑飢事，張鎮祇有思親詩，周彬、唐雍、蔣衵、何其瑞諸人，皆履順安常，碌碌無奇節，豈范《書》之志獨行歟？抑采訪者見聞有遺歟？迹其行不出里巷，名不列薦紳，僅僅束身寡過、潔己自好者，何地蔑有？若一善必録，恐罄竹難書矣。特是前人筆之，後人削之，未免使泯泯殁世者有善行不彰之憾。是以一仍其舊，而以現得之采訪者續列於後。以年代先後爲次，庶前後不相淩躐，而涇渭亦有所區别焉。

陳士鏞字孟韜，原籍浙江山陰縣。父璜，字渭揚，乾隆十九年，隨從兄湄三、名璋者宰密雲，赴遵化州監收木税，生士鏞於錦芳里社。年四歲，璋以事去官，士鏞隨父回密，卜宅於城西經歷司胡同。旋即失怙，受業於母氏楊孺人。頭角峥嶸，爲昭武都尉甯預侯進士所器重，選爲孫坦。性慷慨，喜施予，儀表軒昂，書法顔柳，橐筆謀生，

每爲上游所重。乾隆時，密雲初設八旗駐防，經理兵米者輒挂誤受累。邑令遂以委士鏞，措置裕如，多所成全，而交游益廣。後十餘年，邑令某爲仇家所中傷，乘兵米未集時，嗾柏臺入奏，交王大臣，在圓明園宫門審訊。令懼甚，泣請曰：「事至此，保吾首領者，惟君耳。」士鏞竟慨然允之，代爲告貸，一日夜米閣倉悉滿。至京，獄果平反。令得無恙，親以肩輿郊迎南門外。遠近聞之，嘖嘖稱羨。

方經理漕糧時，赴山東宿逆旅。有操舟爲業者之妻，哭甚哀，詢之。爲豪强艷其女，設詭譎謀，初使人碎其船，而與之船。繼復毁其船與貨，代償之。仍屢貸之，度本利不能還，命以女折債，逼令書券。女時年十八，名二姐，已議婚他族，固却之。豪怒，賄官役，捕逮其夫王玉下獄。士鏞聞之忿甚，以大義責邑宰。召豪强、王玉，當面代償其債。玉感激，無以報，乃暗訪里居，送母女至家，貽賣身字據而去。士鏞旋里，得悉本末，急遣人追之還。焚毁賣字，給川資回東，俾婚原議。胞姊適孟氏，山陰宦裔，運蹇甚，爲之厝葬者凡七

柩。然其甥廣沅，卒賴鏞延師扶植，捷南宫，宰鹽山。此外救困扶危，施棺捨藥，動輒千金，在所不惜。直隸通州某善會將散，慨助二千金。會中爲立長生禄位牌，邑貢生武子英偉猶及見之。邑中感其德者，無論識與不識，咸尊爲陳二太爺，至今稱道弗衰。然階僅登仕郎耳。子三人：湧、滙、洞。洞無後。滙之孫之驤，光緒壬午科舉人，改名清源。大挑知縣，籤分廣東，補恩平，風烈异常，然卒以風烈去官。湧之曾孫鳴鑾，亦以舉人官江蘇直隸州州同。邑人咸謂爲士鏞之遺澤云。

陳湧字文泉，歲貢生，性孝友。母病，禱於神，割臂煎藥以進。父孟韜代邑令受過，時羈城隍廟中，衆議洶洶。猝聞之，又不克見，乃懷狀一一剖白，抽刀刺腹，昏絶倒地。及創愈事平，家道中落。遇凶歲，無以爲炊，典内襦備甘旨，而外著緼袍，不令親知，怡怡如也。晚歲，就館於外弟孟大令廣沅，貧不能歸，以廿金寄妻子，然賙其弟累至二百餘金。道光戊戌正月，在鹽山，將赴漕收米。飲錢後，倚裝假寐，雙垂玉箸，無疾而終。知之者咸謂爲純孝之報。

陳元章，字芾亭，湧之子。因家貧，充大興縣吏，典刑事。輕財好義，合署吏役皆敬畏之。訟若冤抑、遇貧困者，必力爲申雪，訟者多往往叩頭去。日久，以廉直受知於縣令何公耿繩，如漢代之故吏焉。何靈石望族，後爲大順廣道，猶作書招之。密雲回民有訟於京師南城坊者，坊中照拂非常，而絶不相識。蓋元章曾有德於坊，謝之弗受，囑以遇有密雲人求照拂足矣，故能如此。回民回密，播爲美談。子之驥，幼孤，與邵某過孫河，大雨水漲，非千錢不得渡，渡只一人。邵言，

此密雲陳某之子也。水手聞之，十餘人争扶船以渡，不索分文，蓋皆昔日受恩而未報者。卒於道光壬寅歲，四十有五。靈柩回里，由京至密百三十餘里，路祭者不絶於道。

李宗堯暨弟宗德，蔡家店人，前清太學生。道光三年，歲奇荒，兄弟出錢粟賑撫飢民，全活甚衆。經驛傳道、北路督捕，同知暨邑侯張公、李公累給「誼敦桑梓」「伯仲尚義」等匾額，以旌其善。

李近宸字鵠亭，新城村人。童試未第，遂發

憤精研醫理，鈎深索隱三十餘年，頗有心得。遠近求診者，無貧富，立應，且不索資。以是，頗得時譽。著有《醫學自邇》若干卷，附著《啓蒙》三卷。祁陽沈鳴鳳先生爲之序，謂其宗旨正大。惜未付梓，稿存於家。醫雖方術，然其救濟生命，具有成積，是以遷《史》特爲立傳，班《書》列於藝文方技，有以哉！

曹士瀛，兩河莊人。莊在縣南二十五里，白河挾潮河南注，雙流夾之，歲受水患。每逢伏雨盛漲，良田漂没，悉成沙礫。士瀛於光緒二十餘年

間，聯合沙塢、夾山諸莊，於田畔遍植楊、柳、榆、槐諸樹，以殺水勢。數年後，樹皆拱把，水至，果爲所格，無大患。里人咸獲其利，遂相率益於沙田種樹。現已彌望蔚然，并享林業之利矣。

宗翰字墨卿，河南寨人，渾厚謙退，局度宏雅。其好善樂道、睦姻任恤之舉，發於性天，不由勉强，非若好名者然。故終其身，無一事一言之忿争鄰里，交游亦無一人不懷其澤。年六十二，卒。子維城，字樹屏，邑庠生，循循然克紹前業，人無間言。

武兆麐字善甫，邑貢生偉之次子，性篤厚，善事親。凡親之所喜，必力爲供給，不使有缺。終其身，無疾言遽色現於堂上。里黨、姻戚有困乏者，每先意承志，存問饋遺，以博親歡。近世之克盡孝道似此者，蓋無幾人。

甯權字子衡，性伉爽。與人交，不設城府。而才思敏捷，事無難易，動中窾要。父名士濬，生子二人，長桓字子英，權其次也。幼受庭訓，習童科，兄弟共筆硯，怡怡如也。父課之嚴，舉業而外，務研經史，故學有根柢。弱冠，補弟子員，登

前清光緒甲午乙榜。兩上春官，不第，遂决然捨去。邑宰居公時權昌平州牧，延訓其猶子。歲庚子，拳匪變起，乃旋里。邑人以防務事重環，請出辦地方事。又以桑梓之地，不容漠視。是時，拳匪勢甚張。滿營、回教與土人夙有意見，受其激蕩，幾至决裂。而四郊告警，人心皇皇，相驚市虎。是時宰密雲者，爲徐令國楨，因佐之，募練勇，葺城垣，和滿營，撫回教。經營數月，始稍稍就緒。七月念三日，京師戒嚴，兩宮西幸。恩祥所部練勇潰散，竄至境者千餘，直撲南關，與滿

營、練軍接仗。潰勇殊死鬥，且衆我軍，將不支。權急募壯士，出城解和，始散去。九月十七日，武衛敗軍坌至，將攻城，城内人民汹懼。權縋城出，挽留淮軍統帥李安堂、署提督沈大鼇駐軍鎮懾，城關未受害。説者謂不惜軀命，以紓大難，皆人所至難。乃毅然行之，無少顧慮，其膽識有大過人者。十一月九日，德兵至密，前後以數千計，悉索無厭。權約同志，竭力支應，走風雪中十餘日，足爲之繭。德兵始帖然去。闔境未受蹂躪者，支應之力居多。

次年春，教案踵起，蹉商至六月，未能就範。乃冒暑走京師，面謁美使暨院長等，開陳大義，執約章抗辯，無少屈。卒如約。然往返跋涉，半載餘矣。事平，徐令獨邀异獎，人多扼腕，權處之泰然。癸卯歲，清廷以懲毖變法。陳令雄藩奉嚴檄創建學堂，草昧經綸，毫無憑藉，以權才望，挽其助理。乃倡捐鉅款，共醵資兩萬餘金，建堂舍，招學生，購書籍。於是，規模大備。及陸公嘉藻至，適承中央令巡警、蠶桑、教養、工藝諸事同時并舉，籌款益艱。以責無旁貸之故，曉音瘏口，力任

其難，締構年餘，幸皆成立。以久處鄉井，繁重之事皆叢於一身，乃起官知縣，聽鼓山左。上游素知其名，輒委管岔河榷務，蓋將試其才而責以負重也。莅事甫年餘，古北畿民因平糶事幾釀變。邑人促之歸，函牘相屬於道。以北口近京師，且廬墓所在，一旦變起，猝難撲滅，乃急歸，謀振撫，事乃息。己酉夏五月，暑雨兼旬，兩河盛漲，城西隅幾陷。商之邑宰張公，募金興築城外護堤，城獲保全，至今賴之。庚戌，縣議事會成立，舉主議席。任事以來，以一身當衆流之衝，蚤夜從公，爲人排解，無倦色。至其潔己奉公，所得薪費，悉以捐辦女學。且兼董巡警，總理商會，統轄保衛，皆絲毫無所取。

辛亥之秋，武漢起義，海宇鼎沸。密雲爲東北孔道，群懼波及，咸謀出城遠避。力止之，購槍募勇，凡年壯好事者，皆編入軍籍，藉施撫馭。使晝夜巡徼，盗竊屏迹，家得安枕。入冬以後，警告愈急，商業尤岌岌。以紙幣取錢者，踵相接邑中；發行紙幣者，類無實在存儲，支放不敷。已入險境，附城伏莽煽惑於風傳者，又躍躍欲借端

起事。乃令出票各家，約縱連衡，互相救濟。由是，支放不匱，群疑乃釋；商民之信約，亦由此益堅。蓋其歷艱苦之境者，較人爲獨多，斯内無疑沮，外無凝滯，以明敏有功歟！

白家駿字義卿，世居密雲城南紅寺莊。幼孤，事適母，以孝聞。家本素封，席祖父餘蔭。計無足以娱親者，以貲爲郡丞，欲以黼黻之美、輪奐之華、車馬之綺麗爲萊子承歡之具。故服御雖靡，人無有議其不衷者，蓋金張之世望有自來矣。其先世本塞外小興州人。自遠祖名世英者，因明季内徙民，從入關。旋以戰功授指揮，遂卜居通州，實爲白氏始祖。傳五世，有名瑄者，始自通州來遷於紅寺莊，隸旗籍，乃疆乃理，俾立室家焉。瑄子灴，以躬親家政，輟儒業。其從子曰熿登，乾隆壬戌進士；曰煜中，乾隆甲子舉人。白氏科名，以此時爲最盛。灴之子廷城。廷城子錫。錫子澤長。澤長子桂，復中嘉慶庚午武舉。桂子玉堂，玉堂子名鶴鳴者，即家駿之父也，字雲樵，以旗籍考取前清内務府正黄旗筆帖式。性豪爽，喜結納，慕游俠之事。爲人排難解紛，雖勞亦樂。

中年艱於嗣，於光緒己卯歲，禱於丫髻山，禋祀，有靈燕，姞。果徵蘭夢，次年生家駿。家駿生而岐嶷，頭角嶄然。乃捐田九百餘畝，以歲租於廟會，作大酺，以答神貺，并勒石於廟之迴香亭。生家駿三年，即逝世。賴適母黎以養以教，至於成人。性倜儻，有父風。鄰里族黨有貧病不能醫、死無以殮者，亦嘗施以棺、藥。庚子拳匪之亂，其適母聞變，先盡節。時家駿方弱冠，哀毀如所出。越歲壬寅，以節烈請於朝，得旨旌表。建坊之日，鄉人咸賀之。先是，鄉鄰有積欠錢萬五千餘吊，

追逋，迄無所獲。至是，遂從寬免追，鄉人詫爲异數。與之親厚者，因題「焚券高風」四字，以光其閭。

齊德榮字華亭，世居塘子莊，誠樸耐勞。其調查墻子路邊外地界時，方溽暑，冒雨進行，如是者十有餘日。故能履勘周詳，得其的確。然資斧皆自備也。性喜醫，立方頗著奇效。有延之者，便欣然往。謝以資，弗受，繼先志也。宣統元年，防疫所醫官考驗，給狀。考時，有甚爲欽佩之語。蓋其家夙講醫學，至華亭已三世矣。